나만의 속도를 찾아서

프롤로그

야근과 밤샘에 일이 너무 힘들어, 출근길 버스를 기다리며 짐을 한 가득 싸서 어디론가 도망치는 상상을 했다. 누구도 찾지 않는 조용한 제주도 게스트하우스에서 아무 생각하지 않고 그저 푹 쉬고 싶었다. '퇴사하면 꼭 그렇게 해야지' 다짐을 했건만 연이은 이직으로 실현할 수 없었다.

일이 조금 여유로워진 시기에 충동적으로 국내 여행을 떠났다. 시골 구석구석에서 만난 자연은 해외 그 어느 곳보다 깊은 감흥과 여운을 주었다. 우리나라가 이렇게 아름다웠다니. 평소 나는 국내 여행을 하느니 해외를 가는 게 더 낫다고 생각하던 사람이었다. 생각해보니 외국 여행할 때도 시골 마을 풍경이 유독 마음에 진하게 남았던 기억이 났다.

회사 다니는 동안 연차를 내서 짬짬이 국내 여행을 다녔다. 지리산 중턱을 오르면서도 핸드폰을 손에 놓지 못한 채 업무 문자를 주고 받았지만 그래도 좋았다. 사방이 꽉 막힌 사무실에서 나와 빛나는 햇살과 살랑거리는 바람을 맞는 것만으로도 행복했다. 입이 떡하니 벌어지는 자연 풍경까지 마주할 때면 전에 느끼지 못한 충만함이 몸을 감싸 안았다. 나만 이 좋은 걸 보고 누리는 것이 아까웠다.

'그래, 이게 바로 행복이지.'

시골에선 먹는 것도 달랐다. 건강한 식재료로 한상 가득 차려진 밥상은매번 먹을 때마다 감동이었다. 도시에서는 사는 일에 치여 매번 대충 끼니를 때우기 바빴는데 이곳은 그런 나의 허한 몸과 마음을 채워주고 위로해주는 것 같았다. 나는 누가 뺏어 가기라도 하듯 제철 나물들과 생선을 허겁지겁 입 속으로 집어 넣었다. 백반을 좋아하게 된 건 이때부터였던 듯하다. 속이 든든하고 배가 부르니 마음이 여유로워지고 풍족해졌다.

다시 도시로 돌아가니 일에 치여 부실한 식사와 잠이 부족한 날이 반복됐다. 결국 크리스마스이브마저 새벽까지 일했던 마지막 회사에서 탈탈 털리듯이 나오면서 나는 한동안 아무도 만나지 못했다. 좋아하고, 하고 싶은 일이라는 이유로 열정을 다했지만 누구도 만날 수 없을만큼 지쳐버렸다. 이제는 정말 회복이 필요했고 제주보다도 더 사람이 없는 조용하고 한적한 곳에서 심신을 달래고 싶었다.

퇴사 후, 처음으로 시골살이를 하러 갔다. 함양은 생전 처음 들어본 낯선 곳이었다. 시골 할머니들에게 손수 제철 요리를 배우는 프로그램의 내용과 콘셉트가 마음에 들어 그곳에서 지냈다. 요리 외에도 요가와 점핑 댄스를 하고, 계곡에 가서 발에 물을 담그고 물감으로 고무신에 그림을 그리고, 가지 농장에서 일손을 돕고 콩밭에 가서 새싹을 심었다. 어느 날에는 지리산 천왕봉을 왕복하고 어느 날에는 방에서 실컷 낮잠을 잤다.

한 달이라는 시간을 보내고 서울에 올라왔더니 무언가 달라진 기분이 들었다. 기운이 차오르고 한층 밝아진 느낌. 처음에는 다른 사람들이 웃을 때 함께 웃는 것조차 힘겨웠는데 시골 사람들의 인심 덕인지, 마음이 쾌청해지는 자연 덕인지 어느새 조금씩 자연스럽게 웃는법도 다시 터득했다.

자연 속에서 건강한 음식을 먹으며 쉬고 싶을 뿐이었는데 새로운 세상도 알게 됐다. 와이파이도 터지지 않았다는 '유기농 마을', 생태농업과 생태 건축 등을 배우는 멋진 대안공간 '온 배움터', 생태 화장실을 만들어 사용한다거나 냉장고 없이 살아보기를 실천해봤다거나, 그것까진 아니더라도 내 밥상에 올라갈 음식의 재료를 손수 기르는 자연 친화적이고 자급자족의 삶. 그리고 적게 벌고 적게 쓰는삶까지 직접 보고 들었다.

각자 다양한 사연을 가지고 시골에 정착해 자신만의 방식으로 멋지게 사는 사람들. 신기한 곳과 신기한 사람들에 눈이 휘둥그레 커졌다가 작아졌다를 반복했다. 더 많은 지역에 가보고 싶어졌다. 한 달에 한 번 시골에 내려가 평소 궁금했던 지역으로 친구들을 만나러 가기로 했다. 도시 문명에서 떨어져 어떻게 자신만의 속도와방식으로 삶을 일구어 나가는지 이야기를 듣기 위해 떠났다.

방문한 지역

목차

★촌팁Tips1! 시골살이의 현실적 조언
★촌팁Tips2! 지역 청년&마을 공동체
★촌팁Tips3! 대표적 농촌 체험 프로그램

QR코드를 스캔하면 시골 친구
인터뷰를 확인할 수 있어요!

오월의 어느 날

충청북도 제천시 덕산면

실연

충청북도 제천시 작은 마을인 덕산은, 가는 길이 살짝 수고롭다. 버스를 두 번이나 타야 도착할 수 있다. 강남 터미널에서 제천 시외터미널까지 가는 버스 한 번, 제천 시외터미널에서 덕산 면내로 들어가는 버스 한 번. 특히 제천 터미널에서 덕산으로 가는 버스는 하루 몇 대 없어 시간을 미리 확인해 잘 맞춰 가야 한다. 하지만 이 수고로움 덕분에 진짜 시골 마을로 들어가는 기분을 느낀다.

울적한 마음으로 버스에서 창문을 바라본다. 아무리 애써도 우울한 표정이 숨겨지지 않아 큰일이다. 얼마 전 실연을 당해 머릿속에 온통 그에 대한 생각뿐이다. 좋은 걸 보고 맛있는 걸 먹어도 그가 계속 내 머릿속을 졸졸 따라다닌다. 살아가는 도시를 떠나 새로운 풍경을 마주하면 좀 낫지 않을까. 하지만 처참히 실패해 더 좌절스럽다. 두 번의 버스를 타고 덕산면에 도착했다. 이대로 시골 친구를 만나도 괜찮을까. 걱정 근심이 마음속을 메운다. 표정을 숨기고 짐짓 밝은 목소리로 인사하며 들어간다.

덕산에서 목공방을 운영하는 친구들이 집중해 무언갈 만들고 있다. 다행히 들어오자마자 내 얼굴을 자세히 살필 틈은 없는 듯하다. 공방의 크나큰 자재들로 어수선한 공간 사이로 비집고 들어간다. 덕산의 친구들은 내가 시골 체험 프로그램으로 덕산에 머무르면서 만난 친구들이다. 함양에서 한 달을 보낸 뒤 국내의 더 다양한 지역을 알고 싶어져 신청한 프로그램에서 그들을 알게 됐다. 다행히 친구들은 다행히 나의 상태를 눈치채지 못하고 반갑게 맞이한다.

친구들은 근처 초등학교 텃밭을 장식할 팻말을 주문받아 제작하고 있다고 했다. 나와 비슷한 또래인 이들이 벌써 어엿한 목공방의 주인이 되다니 정말 멋지다. 목공방을 본격적으로 운영한 지 얼마 되지 않아 생계를 유지하기에는 아직 어려운 수준이지만 조금씩 지역에서 하나둘 일을 맡겨줘서 지내고 있다고 했다. 오늘처럼 근처 학교나 지역 서점 등에서 의뢰가 들어오기도 하고 아이들이나 어르신을 위한 목공수업을 나가도 한다.

친구는 시골에 온 이후 더욱 주체적으로 사는 기분을 느낀다고 한다. 도시에서는 주로 남들이 시키는 것을 하거나 남들이 만든 걸 이용했는데 이제는 직접 스스로 만들고 운영하고 제 손으로 하는 것들이 많아졌다고. 듬직하게 무언가를 뚝딱뚝딱 만들어내는 친구를 보자니 내 눈에도 진짜 그런 듯 싶었다.

목공방을 나와 친구와 함께 마을 곳곳을 둘러본다. 면 단위 마을인 덕산은 정말 한적하고 조용하다. 덕산에서는 양배추나 브로콜리, 케일 같은 (서)양 채소를 주로 재배해 청록색의 푸르른 밭을 자주 마주친다. 호기심 가득한 내게 친구들은 발길이 닿는 곳마다 이건 무슨 작물이고 저건 무슨 작물인지 설명한다.

친구들은 걷는 곳마다 그냥 지나치지 않고 길가에 핀 꽃잎을 유심히 보고 이름도 맞추며 귀여운 아기 보듯이 예뻐하며 사진을 찍는다. 그 모습을 보자니 '저 정도는 돼야 시골에 살 수 있겠구나...' 싶은 생각이 든다. 태양이 조금씩 뜨거웠지만 나의 요청에 따라 우리는 마을 구석구석을 좀 더 걷는다. 마을 곳곳을 돌아다니다 보니 이곳은 누구 집이고, 저기는 누구 어르신 집이며 우리에게 어떤 도움을 주었는지 이야길 듣는다. '역시 시골은 서로 연결되어 있구나'

친구들과 양배추 앞에서 낄낄대며 사진을 찍는데 어느새 그를 잠시 잊고 있었다는 사실을 깨닫는다. 그들을 만나기 전까지 내 머릿속에는 먹구름이 잔뜩 껴 있었는데. '누군가를 만나 이야기하는 순간만큼은 괜찮구나...' 친구들과 밥과 음료까지 먹고 풍성한 대화를 곁들인 자연 속 산책까지 마친다.

돌아갈 시간이 되어 대동 할인마트에서 버스표를 구매한다. 덕산의 버스 정류장은 바로 '대동할인마트' 앞이다. 승차권도 '현금'으로만 여기서 구입할 수 있다. 오직 시골에서만 볼 수 있는 재밌는 풍경 덕에 나는 잠시 영화 속에 들어갔다 나온 것 같다.

'가는 길 또 고생하겠다'며 친구의 배웅을 받으며 버스에 올라탄다. 시골에 아는 사람이 있으니 든든하구나. 친한 사이라기보다 친분이 있는 사이지만 멀리까지 와서 한 번 보고 두 번 보니 마음의 거리가 금세 가까워진다. 서울에 도착하니 다소 가라앉았던 감정이 한층 괜찮다. 조금 씩씩하게 동네에 도착해 집으로 가는 길을 걷는다. 덕산을 다녀오기 전과 조금은 다른 사람이 된 기분이다.

'백남빌라'는 덕산의 유일한 아파트.
덕산에 귀촌한 이들이 대부분
이곳을 첫 주거지로 삼는다

♥ 덕산의 명소 ♥

한겨레건축학교

내 집을 손수 짓고 싶다는 열망을 가진 이들이 모이는 곳. 6평 가량의 복층집 원룸을 일주일간 다른 수강생들과 함께 직접 짓는다. 청년들의 삶이 조금이나마 나아지길 바라며 덕산에 정착한 청년들에게 소소한 지원을 하고 있다.

충북 충주, 제천, 단양에 걸쳐 있는 호수. 구불거리는 충주호를 따라 한참 들어가면 덕산이 나온다. 충주호가 파노라마로 보이는 카페에서 한숨 돌리면 세상 근심이 다 사라진다.

충주호

덕산에 정착한 청년들이 운영하는 목공방. 의자, 책꽂이, 책받침 등 여러가지 아이템 제작 주문도 가능! 도시에서 목공방을 운영하려면 큰돈이 필요하지만 이곳에서는 시골의 장점을 이용한 큰 부지의 목공방을 이용하며 누릴 수 있다.

덕뿌네공방

우리나라 최초의 대안학교. 자연 속에서 생태적 감수성을 기르고, 실용적인 삶의 기술과 교과를 배우며 능동적인 삶을 살 수 있는 소양을 갖춘다. 충북 제천 외에도 충남 금산, 경남 산청까지 총 세 군데 간디학교가 있다.

제천간디학교

유월의 어느 날

경상남도 창녕군

결혼과 부부

오전 일을 마치고 창녕 가는 버스에 몸을 싣는다. 4시간쯤 내리 달리니 저녁 6시 창녕시외터미널에 도착한다.

부부는 나를 픽업하러 터미널에 마중 나왔다. 함양 청년 마을에서 만난 친구는 이미 귀촌한 부부. 친구는 창녕이라는 곳으로 갔다고 했다. 젊은 부부가 어찌 귀촌할 생각을 했을까. 게다가 창녕이라는 지역은 이름만 들어봤지 어떤 곳인지 전혀 떠오르는 것이 없다.

터미널에서 친구네 부부 차를 타고 집으로 간다. 친구네 집은 창녕 읍내의 한 아파트다. 처음 친구를 만나고 싶다고 연락했을 때 자신은 시골집이 아니라 읍내 아파트 살고 있는데 괜찮냐고 도리어 물어왔다. 귀촌에 관해 크게 아는 게 없던 난 '뭐가 다른 거지?'라고 싶어 당연히 괜찮다고 말했다.

두 사람은 집에 도착하자마자 저녁 식사를 준비한다. 본인들도 쉬고 싶을 텐데 많이 해본 솜씨라는 듯 말 없이 역할을 나눠 일사분란하게 움직인다. 자연스레 그들의 일상이 떠오른다. 식사를 준비하는 둘의 뒷모습을 보자니 아름답다는 생각이 드는 동시에 애잔하다. 아무래도 아직 실연의 슬픔이 남아 있나 보다.

두 사람의 집은 정말 좋다. 넓은 오픈형 주방, 거실 한 가운데 놓인 기다란 원목 테이블, 벽에 붙어있는 책장에는 빼곡한 책들과 두 사람의 사랑의 흔적이 담긴 사진들이 자리한다. 제자리에 가지런히 놓여진 사물들과 아늑한 가구를 바라보니 안정감과 편안함이 느껴진다. 이게 바로 결혼한 부부의 삶인가. '너만 있으면 시골도 상관없다'고 했던 X의 말이 문득 떠오르는 순간이다.

두 사람이 정성스럽게 차린 저녁 식사는 베트남 음식 '분짜'. 참 좋아하는 음식인데 밖에서 사 먹을 생각만 했지 이렇게 집에서 해 먹을 수 있다니, 시원하게 얼음까지 곁들인 분짜 맛은 최고다. 맛있다고 호들갑을 떨자 집에서 해 먹기 의외로 어렵지 않다며 두 사람은 부끄러운 듯 이야기한다.

저녁을 먹자마자 두 사람은 어디론가 갈 곳이 있다며 나를 데려간다. 이미 코스도 정해져 있다. 먼저 두 사람의 텃밭을 구경한 다음, 해가 지기 전에 고분에 일몰을 보러 가야 한단다. 두 사람의 진취적이고 적극적인 모습에 웃음이 난다. 이렇게 손님맞이를 열렬하게 할 줄이야. 고마운 마음에 기꺼이 들뜬 마음으로 따라간다.

두 사람의 텃밭은 집에서 차로 5분 정도 떨어진 거리에 있었다. 텃밭의 이름은 '무해한 텃밭'. 친구가 나를 처음 봤을 때 '어 우리 텃밭 이름도 무해인데'라고 이야기했던 기억이 난다. 무해한 텃밭에는 상추, 깻잎, 토마토, 감자, 호박 등 아주 다양한 작물들이 자라나고 있었다. 친구는 나를 준다고 자신의 소쿠리에 작물을 한가득 담는다. 한평생 도시 사람인 나는 그저 이 모습이 신기하다.

작물 수확을 마치고 해가 지기 전에 일몰을 봐야 한다며 고분으로 향한다. '고분과 일몰? 무슨 상관관계지?'. 도착하자마자 감탄이 나온다. 지대가 높은 고분의 능선을 따라 해가 지는 하늘은 마치 연보라색 물감을 뿌려놓은 것 같다.

"집 근처에 어떻게 이렇게 아름다운 곳이 있어요?"

부부는 자주 걸으러 고분으로 산책 나온다고 했다. 사람도 없어 한적한데 이렇게 아름다운 곳이 지척이고 그곳을 산책하는 일이 일상이라니, 부러움이 몰려온다. 고분 길을 걸으며 '저기는 유럽 같다'라고 말하니 두 사람이 꺄르르 웃는다. "자기야 여기가 유럽 같대". 촌스러운 시골 마을이라고 생각한 곳을 외부인이 유럽이라고 말하니 이들도 신기하고 재밌나 보다.

이제는 집으로 돌아가나 싶었는데 갈 곳이 한 군데 더 남았다는 말에 웃음을 터뜨렸다. 다음은 또 어딜까. 배우 '김정화'가 하는 카페인데 창녕에서 제일 크고 세련된 카페라고 한다. 카페에 도착했더니 그냥 앉아서 쉬는 게 아니라 음료를 포장해 어딜 걸어야 한다고 한다. 정확히는 '명덕지'라는 저수지였는데 알고 보니 카페 바로 앞에 있는 저수지를 한바퀴 둘러싼 산책길이었다.

두 사람과 시원한 음료를 들고 물가를 한 바퀴 돈다. 어두워서 잘 보이지 않았지만 시원한 밤공기에 기분이 상쾌해지고 들뜬다. 집 근처에 걸을 수 있는 자연 산책로가 이리 많다니. 걷기를 무척 좋아하는 나는 '시골은 정말 최상의 거주지구나'.

도시에 살 때는 걷는 길이 항상 고민이었다. 하루 일정을 마치고 지하철역 한두 정거장 먼저 내려 집까지 걸어가기도 집 근처 공원 트랙을 몇 바퀴씩 돌기도 했지만 성에 차지 않았다. 자연에 둘러싸인 한적한 시골길을 걸으면 삶의 질이 올라가겠다는 생각이 절로 든다. 우리는 집으로 돌아가 맥주를 사 들고 더 이야기를 나누기로 한다.

두 사람의 삶은 시골에 와서 많은 것이 바뀌었다. 삶의 질이 올라가고 여유가 생기자 두 사람은 도시에서는 생각지도 못했던 창업을 시작했고 아이도 낳고 기르고 싶어졌다. 우리 아이도 이 좋은 환경을 누리고 살면 행복하겠다는 소망이 생겼다고 했다.

그들은 정말 사랑스러운 한 쌍이었다. 서로에 대한 애정과 신뢰가 넘쳐났다. 사실 그들은 시골이 아닌 도시에서도 잘 살았을 커플이었지만, 시골의 분위기와 정서가 제 옷을 입은 듯 어울렸다. 딱히 결혼하고 싶다는 생각을 한 적이 없던 나도 그들을 보니 '결혼 로망'이 피어났다. 사랑하는 사람과 평생을 함께하는 것, 든든하고 편안한 무한한 내 편이 있다는 감각. 나 또한 누군가와 그런 미래를 약속하고 그릴 수 있을까. 조금씩 욕심이 생긴다.

집으로 돌아가는 길. 그들은 텃밭에서 수확한 작물과 따로 만남 선물까지 바리바리 챙겨준다. 누군가를 환대하는 마음은 이런 것이구나. 서울로 가는 버스에서 그들의 모습을 상상한다. 손님을 맞이하기 위해 이런저런 계획을 짜고 즐거워하는 모습. 사랑이 넘치는 커플을 보며 나도 저런 모습으로 늙어가고 싶다는 소망이 자그맣게 피어오른다.

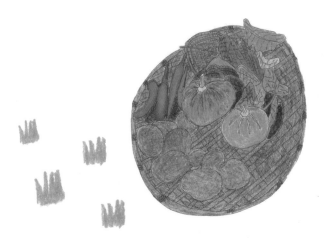

♥ 창녕읍 명소 ♥

국보 제 33호.
신라 진흥왕이 창녕 지역을 신라의
영역으로 편입하면서 세운 비.

진흥왕 척경비

경상남도 유형문화재 제10호.
삼국시대에 조성된 것으로 추정되고
진흥왕 척경비 가는 길목에 있다.

퇴천리 삼층석탑

Tips! 읍내에선 거리가 있지만 창녕에 가면
국내 최대 규모의 우포늪을 꼭 구경가야 해요! :)

보물 제310호.
봄여름에 사용할 얼음을 저장하기 위해 만든
창고. 배수와 환기가 가능한 구조를 생각해 낸
선조들의 지혜가 돋보이는 문화유산.

창녕 석빙고

경남 유형문화재 제21호.
향교란 옛 유교의 성현을 받들면
서 지역사회에서 인재를 양성
하고 미풍 양속을 장려할 목적으
로 설립된 지방교육기관.

창녕 향교

칠월의 어느 날

전라북도 남원시 아영면

예술에 대하여

아영면은 행정구역으로는 남원이지만 지리적으론 함양과 더 가까운 시골 마을이다. 아영면에는 함양 청년 마을 프로그램에서 만났던 또 다른 부부가 산다. 참가자가 아니라 프로그램 행사 진행자로 온 이들이었는데, 춤을 추며 노래를 부르는 예술가 부부다. 시골에서 농사꾼도 아닌 직장인도 아닌, 어떻게 예술을 하며 먹고 사는 건지 너무 궁금해 그들에게 만나러 갔다.

도착 시간이 지났는데 버스가 정차하지 않았다. 초행길이라 지도를 확인하는데 이상한 느낌이 든다. 버스 기사 아저씨에게 물어보니 버스에 승객이 없는 줄 알고 내가 내려야 할 정류소를 지나쳤다고. 기사님은 조금 더 가면 또 다른 지역에 정류소가 있으니 거기서 돌아오는 차 편을 타라며 조금 이따 내리라고 한다.

부부님들에게 전화를 걸어 상황을 알렸다. 부부님들은 거기는 너무 멀어 지금 있는 곳에 내리면 그리로 데리러 가겠다고 하신다. 기사 아저씨는 도로 중간에 내리려는 나를 말린다. 데리러 오는 사람이 있다고 하니 안심하는 듯하며 내려주신다.

시골길 한가운데 덩그러니 놓이니 웃기기도 하고 두려운 마음도 들었다. 게다가 부부님들과는 거의 초면과 다름없는 사이인데 첫 만남부터 완전히 꼬였다. 송구스러운 마음에 발을 동동 구르는데 갑자기 몸이 땅바닥에 주저앉았다. 정신을 차려보니 한쪽 다리가 절반 가까이 배수구에 빠진 것. 너무 당황해 아픔도 느껴지지 않았다.

태어나서 처음 겪는 일에 정신이 혼미하다. 정신이 드니 구멍에 빠진 다리가 아파온다. 어처구니 없다. '아니 발바닥보다 큰 배수구 구멍이 어디 있담'. 놀란 마음을 진정시키고 다리를 빼려고 하지만 빠지지 않는다. 조금 더 침착하게 다리를 빼낸다. 구멍에 빠진 오른쪽 다리를 보니 이미 양옆으로 피멍이 들어있다. 시골에 갈 때마다 아빠가 으레 '조심히 다녀오라'고 했던 말이 갑자기 떠올랐다. 왜 그 말을 했는지 이제야 알 것 같다.

몇 분 뒤 부부님들은 내가 있는 곳에 도착했다. 절뚝거리며 부부님들의 차에 탔다. 이 무슨 민망하고 송구스러운 첫 만남이람. 부부님들이 얼마 전에 자차를 마련했는데 차가 없었으면 어쩔 뻔했냐며 우리는 서로 아찔할 뻔했다고 말했다.

차를 타고 시골집으로 향한다. 기대와 설렘으로 도착한 시골집은 영화에서 볼 법한 외관이다. 풀이 무성한 앞마당에 회색의 기와지붕, 내부가 3칸으로 나누어진 집. 워낙 시골 마을이라 근처에 마땅한 숙박 시설이 없어서 부부님들이 하룻밤 자도록 배려해주셨다.

다리에 간단히 소독약으로 응급처치를 한 후 저녁 먹을 준비를 한다. 남편분은 친구에게 받은 복숭아 양파 마리네이드가 있는데 이게 요물이라며, 의기양양하게 자랑한다. 시골집에서 첫 끼니. 큰 대접에 새하얀 소면을 담고 국물이 있는 마리네이드를 부어 비빈다. 큰 대접에 담긴 젓가락으로 한 접시 한 접시 떠서 나눠 먹는다. 색깔도 예쁘고 맛도 새콤달콤한 게 중독성 있다. '여름 메뉴로 최고다, 이거!' 우리는 연신 감탄하며 소면을 후루룩 짭짭 먹어댔다.

저녁 8시, 시골의 밤은 빨리 찾아왔다. 우리는 한 방에 들어앉아 이야길 나누기 시작한다. 아영면에 사는 이 부부는 일명 베짱이 부부다. 노래하고 춤추며 사는 삶을 꿈꾼다. 하지만 예술가의 삶은 도시에서나 시골에서나 녹록지 않았다. 부부님들은 시골에서 생계를 유지하기 위해 아이들 학교 방과 후 예술 수업 등을 했다. 처음엔 재밌었지만 점점 지쳐갔다. 자신들의 색과 다른 일들과 요구들이 점차 늘어났기 때문이었다.

부부님들은 이도 저도 되지 않을 것 같아, 고민 끝에 식음을 전폐하듯 모든 생계유지에 관련된 일을 접었다. 그게 얼마나 쉽지 않은 일임을 아는 나는 놀랐다. 나 또한 글 쓰는 삶을 유지하기 위해 생계를 위한 벌이가 늘상 고민이었다. 부부님들에게 '그게 정말 가능하냐'고 묻자, 그동안 모아둔 돈을 쓰고 때론 백수 같은 생활에 현실 자각 타임을 느끼는 일을 감수하면 가능하다고 했다.

부모님께는 점점 얼굴 들기 어려운 자녀가 되었다는 거에 대해 우린 공감했다. 예술, 이라고 하면 거창하고 어쨌든 창작 활동, 좋아하는 일을 위해 돈도, 자녀로서 의무도, 지인들과 만남, 그리고 때로 사람들 사이에서의 체면도 포기해야 했다. 관계와 돈도 포기할 만큼, 우리가 고수하고 지키고 있는 것들이 그만큼 가치가 있는지 늘 항상 우리는 수시로 점검하고 확인해야 했다. 또 우리가 그것들을 계속 지킬 만한 재능과 능력이 있는지 의심하고 불안에 오들오들 떨면서.

부부님들은 그럼에도 계속해야 한다고 한다. 그것만이 유일하게 할 수 있는 일이라고. 포기하지 않으면 된다고. 2년 정도 바닥을 치며 이런 저런 도전적인 활동을 했더니 3년 차엔 자신들을 점점 알아주는 이들이 생기고 자신들의 색깔에 맞는 일들이 들어왔다고 했다. 자신이 원하는 모습과 모양이 확실히 있는 사람들. 그 모양이 맞은 사람이 알아봐 주기를 기다리면서 계속 갈고 닦는 도인처럼 수양하고 연습하는 사람들. 시골집에 걸린 달이 기우는 밤이다.

다음 날 아침, 아영면을 구경하러 절뚝거리는 다리를 이끌고 아침 산책을 나선다. 정말 조용한 시골 마을이다. 아무것도 없는(?) 이곳에서 첫 신혼 생활이자 독립을 시작했다니 대단하다. 집으로 오는 길에 마트에서 토실한 복숭아 한아름을 품에 안고 간다.

산책을 마치고 돌아왔더니 부부님들은 기다렸다며 아침 식사를 준비한다. 메뉴는 카레. 어제와 마찬가지로 남편이 요리를 담당한다. 아내는 좋아하는 카레를 먹는다고 신이 나 있다. 은은하게 퍼져오는 카레 냄새에 덩달아 침이 고인다. 조그만 밥상에 가운데 긴 접시에 카레가 담기고 세 개의 밥그릇이 삼각형을 이루며 자리한다. 근처 사는 친구가 줬다는 자줏빛 양배추와 무절임도.

우리는 뜨거운 카레를 호호 불며 흰 쌀밥에 열심히 비벼 먹었다. 하룻밤을 같이 보내서인지 밥상에 세 명이 둘러앉은 게 처음보다 어색하지 않다. 가족이 된 기분이다. 식구. 나만 그런가 싶어 조용히 밥을 먹는데 아내가 말한다. '같이 먹으니 정말 맛있다.' '앗 저도 방금 그 생각했는데!' 둘에서 셋이 됐을 뿐인데 사람 머릿수가 이리 중요하다.

밥을 먹는 내내 영화 속 한 장면이 떠오른다. '강변의 무코리타'. 서로 모르는 서너 명의 이웃 사람들이 시골집에서 모여 선풍기를 틀어놓고 땀을 뻘뻘 흘리며 아무 말 없이 함께 밥을 먹는 장면. 꼭 그 장면 속 사람이 내가 된 기분이다.

팔월의 어느 날

충청남도 금산군

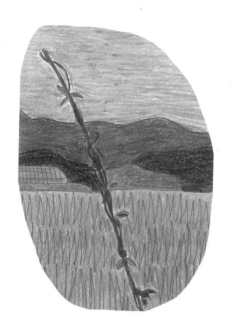

친구네 집

금산은 서울에서는 아주 가깝다는 교통적 이점이 있다. 강남 고속터미널에서 2시간 30분이면 도착한다. 금산 간디학교 선생님은 '금산 인삼랜드' 휴게소에서 내리면 학교가 있는 마을과 가깝다고 일러주었다. 지역에서 대안학교 교사로 사는 삶이 궁금해 선생님과 약속을 잡았다. 휴게소가 하차지라니, 신기했다. 금산 인삼랜드는 경상도 지역을 갈 때마다 꼭 중간에 들리는 곳이었다.

친구에게 금산에 내려간다고 이야기하다 친구네 부모님이 금산에 사신다는 걸 알게 되었다. 귀촌하신 건 들었는데 지역이 금산이었다니. 친구에게 넌지시 '같이 내려갈래?'라고 물어보니 흔쾌히 좋다는 답변과 함께 부모님 집에서 같이 하룻밤 자고 가라고 한다.

친구네 집에서 자는 것도, 친구네 부모님을 뵙는 것도 정말 오랜만이었다. 떨리는 마음으로 금산엘 내려갔다. 이틀 전에 미리 내려간 친구와 친구네 어머니가 금산에 도착한 나를 데리러 오셨다. 어머니는 작고 귀여우셨고 발랄한 목소리로 나를 맞이해주었다. 딸의 친구가 놀러온 건 처음이라고 했다.

친구네 집은 마을 중턱, 뒷산이 자리하는 데 있었다. 골목 가장 높은 곳이라 마을의 전경이 한눈에 담기는 집이었다. 집 마당에서 아래를 바라보면 저 멀리 있는 마을이 꼭 푸른 바다처럼 보였다. 마당 입구 울타리에는 호리박이 주렁주렁 매달려 있고 마당에는 색색의 꽃들이 심겨 있었다. 다홍색 지붕에 마당이 잘 정돈된, 눈길이 가는 집이었다. 그리고 거실에서 큰 창으로 마당이 보이는, 계절과 자연의 변화를 알 수 있는 집.

집에 도착해 친구네 어머니는 거실 가장 잘 보이는 곳에 내가 선물한 화분을 놓는다. 우리 셋은 거실에 앉아 통창으로 풍경을 바라보며 도란도란 이야기를 나눈다. 하이톤에 발랄한 목소리를 가진 친구 어머니는 이런저런 말을 건네며 풀어 놓는다. 낯을 가리는 나는 묵묵히 들어드리며 간간히 반응해드린다. 사려 깊은 친구는 내가 지칠 새라 얼른 해가 지기 전 마을 한 바퀴 돌자고 제안한다.

'그동안 다녔던 시골 중 최곤데?'

친구네 집이 있는 마을은 골목골목이 무척 예뻤다. 나중에 살지도 모르니 마을의 이름을 몰래 기억해둔다. 친구는 자신이 아는 만큼 마을에 관해 설명한다. 나는 점점 더 멀리, 조금 더 걸어가보자고 한다. 귀찮을 법도 한데 친구는 도리어 이렇게 구석구석 부모님 동네를 살펴본 적이 없다며 나에게 고맙다는 말을 전한다.

동네에서 밥 짓는 냄새가 솔솔 올라온다. 곧 저녁 시간이라 우리도 집으로 돌아갔다. 어머니는 저녁상을 차리고 계셨다. 요리하시면서 '참 우리 며느리 삼아도 좋겠어'라고 말한다. 자신과 잘 맞는것 같다며. 나는 기분이 좋아져 부엌에서 국을 끓이고 있는 어머니 옆으로 쪼르르 달려간다. '어머니 뭘 도와드리면 될까요?'라며 능청 떤다. 나를 좋아해주는 사람 앞에선 조금 더 대담해지는 법이다.

어머니가 차려주신 밥상은 꿀맛이었다. 오징어 국과 버섯전, 가지 무침 직접 기른 채소로 요리를 해서 그런지 밥맛이 다르다. 도시에서 매식과 배달 음식으로, 원룸에서 한 그릇 밥상으로 끼니를 때우는 일이 잦은 나는 순식간에 밥 한 공기를 뚝딱 해치운다.

저녁 식사를 끝내고 우리는 정사각형 식탁에 둘러앉아 맥주를 마신다. 친구의 어머니는 친구가 살아온 이야기를 대신한다. 친구를 참 많이 아꼈다던 그 전에 만난 오랜 연애 상대. 친구의 쌍둥이 남동생들의 근황, 친구가 회사를 그만두고 하는 일들의 부모로서 느끼는 자부심. 친구 몰래 친구의 인스타를 염탐하고 있다는 깜찍한 행동에서 하나뿐인 딸에 대한 진득한 애정과 응원이 담뿍 느껴진다.

수다가 무르익고 사주를 공부하셨다는 어머니께 내 생년월일을 알려드린다. 사주를 보더니 너희 둘이 왜 친해졌는지 알겠다고 한다. 친구를 보며 '네 동생을 소개시켜 주면 어떻겠냐', 내가 어머니에게 해드린 건 30여 분 이야기를 가만히 들어드린 것밖에 없는데 평소 싹싹한 편이 못 되는 내게 자꾸 며느리 삼고 싶다 하시는 순순한 모습이 귀여워 웃음이 난다.

어머니는 다음 날 일찍 일을 나가셔서 먼저 주무시러 가셨다. 친구는 몸도 안 좋으면서 자꾸 일을 나가는 엄마 때문에 속상해 한다. 그동안 도시에서 힘들게 노동해서 번 돈으로 시골에 집을 마련했으면 노후에는 마음껏 쉬면 좋겠는데 말이다. 어머니와 아버지는 무료하기도 하고 살아가는데 어떤 일이라도 하는 게 좋다고 말한다. 부모가 덜 아팠으면 하는 친구의 마음도, 한평생 노동으로 일구었던 부모 세대의 생도 이해가 간다.

잘 준비를 하는데 친구가 마당으로 나와보라고 한다. 하늘에 보석 같은 별이 촘촘히 박혀 있다. 시골에서만 누릴 수 있는 기쁨. 목이 아프도록 한동안 친구와 보석이 박힌 하늘을 바라본다. 어둡지만 어둡지만은 않은 시골의 밤이 있었다.

다음 날 지저귀는 새소리에 눈을 떠진다. 친구 어머니는 아침 일찍 출근하러 가시고 밤사이 일을 갔던 아버지가 돌아오셨다. 친구는 아침부터 마당에 나가 햇살을 받으며 요가를 한다. 오늘은 금산 간디 학교 선생님을 만나뵈러 가는데 학교까지 아버님이 태워다 주신다고 한다. 어제는 어머님과 데이트했는데 오늘은 아버님과의 데이트라니, 흥미롭다.

간디학교 선생님은 지역에 내려오기 위해선 직관이 필요하다고 했다. 아무리 많은 조사와 준비를 해도 용기를 내지 못할 수 있다. 내가 이곳에서 잘 살 수 있을 것 같은 느낌, 잘 살고자하는 마음이 이끄는 대로 그녀는 지역에 왔다. 한가로울 것 같은 시골에서 그녀는 누구보다도 바쁘다. 이웃과 연결되고 누군가에게 도움이 되면서 전에 없는 밀도 가득한 삶을 산다고 고백했다.

선생님과 이야기를 마치고 양해를 구해 친구와 친구네 아버지와 학교를 둘러본다. 아버지와 친구는 가까운 곳에 있어도 몰랐던 존재들이 신기하다. 친구는 학교에서 운영하는 책방에서 아버지에게 선물할 책을 산다. 자신이 좋아하는 책을 아버지가 읽을 생각에 뿌듯해하는 친구를 보고 이들에게 뭐라도 한 것 같아 안도한다.

아버지 차를 타고 친구네 집으로 다시 돌아온다. 점심을 먹고 마치 내 집마냥 잠깐 낮잠 든다. 평화로운 오후. 금산은 대전하고도 가까워서 KTX를 타면 편하다며 기차역까지 친구네 아버지가 데려다주신다. 친구와는 깊이 안 지 얼마 안 되는 사이였지만 부모님 두 분의 얼굴을 뵌 것만으로도 친구와 가까워진 기분이 들었다. 가끔 두 분이 친구네 집에 올라 오시거나 명절에 친구가 금산에 내려갈 때 그들의 얼굴을 떠올리며 안부를 전한다. 다홍색 지붕과 연노랑 호리박 울타리와 함께.

♥ 금산에 이런 곳이?! ♥

금산 간디학교 졸업생들이 운영하는
책방. 읍내에 있다가 학교 근처로 이
동했다가 다시 읍내로 이동! 다양한
큐레이션을 엿볼 수 있다.

두루미 책방

중고등 과정 비인가 대안학교.
학교라 구경은 어렵지만 이런
곳이 있다는 것만 알아두자!

금산간디학교

서울에서 경상도 지역을 내려갈 때 정차하는 휴게소 중 하나. 금산의 특산물 인삼을 내세운 휴게소인데, 화장실 내부에 돌 의자 위 앉아 있는 거대한 인삼 모형이 특히 인상 깊다.

금산인삼랜드 휴게소

천연기념물 제365호.
천년 이상 됐다는 보석사 은행나무.
금산 보석사와 함께 산책하며 구경하기 좋다! 가을에 오면 어마어마한 노란빛 은행잎 세상을!

보석사 은행나무

구월의 어느 날

충청남도 부여군

새로운 친구들

공주와 부여는 백제 문화의 중심지이다. 도시 전체가 백제문화유산으로 유네스코에 지정돼있다. 충청, 경상, 전라도 중 평소에 제일 관심이 없는 지역이 원래 충청도였지만 금산을 다녀온 이후 요즘은 충청도의 매력에 빠졌다. 서울과 가까워 체력적, 심리적 부담이 없고 관광화가 덜 돼 조금은 기운을 빼고 편하게 다닐 수 있다.

부여에 도착하자마자 내일 만날 부여 친구가 운영하는 숙소로 향한다. 가는 길에는 부여 공주의 성대한 가을 축제 '대백제전'이 다음 주에 열린다는 현수막이 잔뜩 걸려 있다. 다음 주에 왔으면 좋았을 텐데. 혼자 속으로 아쉬움을 삭히며 나중을 기약한다.

숙소 소행성 B에 도착한다. 내부에 누군가 인기척이 들린다. 인사를 한 뒤 방을 안내받는다. 저녁 먹기 전 숙소에서 밀린 일을 한다. 부여까지 와서 이게 뭐람. 겨우 일을 끝내고 해가 지기 전에 밖을 나선다. 조금이라도 부여를 둘러보기 위해서.

숙소에서 나오자마자 붉게 지고 있는 주황빛 노을이 반긴다. 아 황홀하다. 도시에서는 하늘을 볼 일도, 일몰을 보기 위해 나올 일도 없는데, 높은 건물 없이 탁 트인 풍경에서 일몰을 마주하고 있자니 뭉클하다.

해는 빠르게 지고 있었다. 어두워지기 전에 가야 하는 곳이 있다. 우리나라에서 가장 오래된 인공 연못 궁남지. 지도를 따라 종종걸음으로 궁남지로 향한다. 공원은 컸고 연못에 연잎들이 가득했다. 아름다운 풍경에 함께 오기로 했던 엄마의 얼굴이 자연스레 떠올랐다. 일정이 빠듯한 탓에 엄마를 챙길 여유가 없을 것 같아 다음으로 여행을 미뤘는데 혼자서 멋진 풍경을 보고 있자니 아쉬움이 밀려온다.

벌써 9월이라 날씨가 쌀쌀하다. 해가 질까 급히 숙소에서 나왔더니 겉옷을 두고 왔다. 날이 어두워져 얼른 저녁 식사를 하러 식당을 찾는다. 시골은 8시만 돼도 문 닫는 곳이 많다. 길 가다 맛있어 보이는 식당을 발견했지만 가는 곳마다 2인 이상만 주문받는다고. 역시 엄마랑 올 걸 그랬나 봐. 혼자 밥도 못 먹고 어두운 골목을 헤매는데 하얀 불빛이 뿜어져 나오는 가게 하나를 발견한다.

곰탕집이었다. 혼자 밥을 먹으니 비로소 나 홀로 여행 왔다는 게 실감난다. 혼자 여행을 많이 다녀 이 정도는 익숙한데 이상하게 어색하다. 그동안 여러 곳에 신세를 지고 좋은 사람들과 참 여행을 많이 다녔구나. 든든하게 배를 채우고 숙소로 향했다. 내일 오전에는 초면인

부여 친구를 만나기로 했으니까 못했던 일을 마저 끝내고 얼른 잠자리에 누워야지. 숙소 근처 편의점에 들려 쫄래쫄래 맥주와 마른오징어를 사들고 나온다. 숙소에서 샤워를 하고 나오는데 부재중 전화와 문자 메시지가 와 있다.

내일 보기로 한 부여 친구가 친구들과 밤 산책을 하고 있는데 나와보지 않겠냐는 내용이었다. 미디어아트 축제 중이라는 말을 강조한다. 머리맡에 할 일이 있었지만 부여에서 이대로 하룻밤을 보낼 순 없다. 잠시 고민하다 젖은 머리를 수건으로 닦고 다시 외출복으로 갈아입고 나간다. 시골 친구와 첫 만남이다. 어색함을 숨기고 밝게 인사를 건넨다. 친구의 다른 친구들도 미디어아트 축제를 구경 중이다.

부여의 상징적인 문화재는 단연 국보 287호 '금동대향로'. 크게 형상화된 금동대향로에 화려한 레이저 불빛들이 쏘아진다. '유치할 줄 알았는데 되게 멋있다....' 금동대향로 하나로 무척 다양하게 표현한다. '진짜 아트네....' 기대하지 않고 간 전시에 뜻하지 않은 감동받는다. 화려한 불빛을 보며 또다시 엄마가 떠오른다. 같이 왔으면 엄마도 좋아했을 텐데.

금동대향로 미디어아트 상영이 끝나고 이번엔 다함께 부소산성으로 향한다. 친구들이 부소산성 산책로가 끝내준다고 한다. 친구들은 부여에서 나고 자란 친구 한 명, 전통문화대학교에 다니기 위해 부

여에 온 친구 한 명, 또 내가 만나기로 약속한 도시에서 귀촌한 친구 한 명이다. 다들 부여에 대한 사랑이 느껴졌다. 옆 도시 공주보다는 작은, 한가롭고 고즈넉한 부여만의 분위기가 좋다고 입을 모은다.

부소산성 미디어아트 전시도 훌륭했다. 부소산성은 파란빛의 바다도 되고 벚꽃이 흩날리는 분홍의 봄도 되고 눈이 오는 새하얀 겨울도 됐다. 막상 전시가 끝나자 숙소에 들어가기 아쉬운 마음에 들었다. 그때 부여 친구가 '밤에만 하는 서점이 있는데 가보지 않겠냐'고 물어온다. 밤에만 하는 서점이라니, 듣기만 해도 낭만적이다. 두말할 것도 없이 가겠다고 한다.

오픈한 지 얼마 되지 않은 서점의 이름은 '근월당'. 건물 맨 위층에 있는 서점은 달과 가까운 곳에 곳이라는 뜻으로 지었다고. 서정적이면서 부여와 어울리는 한자 이름이다. 근월당의 내부는 빨강과 초록이 뒤섞인 강렬한 채색의 인테리어와 벽 곳곳에는 왕가위 감독의 영화 포스터들이 걸려 있다. 누가 봐도 왕가위 감독의 열렬한 팬. 반가운 취향이다. 이곳의 주인도 부여로 귀촌한 청년.

근월당에는 아주 매력적인 스팟이 또 하나 있다. 부여 읍내가 파노라마처럼 한눈에 보이는 옥상이다. 삼겹살을 구워 먹기 좋은 너비와 하늘과는 가까운 높이. 옥상에서 부여의 거리를 내려다보며 시원한 바람을 맞는다. 이 사람들하고 시시덕거리면서 하고 싶은 일들을 꾸

려나가면 재밌겠다는 생각이 든다. 불과 한 시간 전까지만 해도 밤의 서점이 있는 줄도, 이곳 옥상에 와 있을 줄 상상도 못 했으면서.

다음 날 아침, 어제 만났던 부여의 친구와 만나 숙소에서 이야기를 나누었다. 그녀는 도시에 살 때 많이 외로웠다고 했다. 사회초년생이었던 그녀는 회사에서 자주 지적을 받았다. 지친 몸을 이끌고 집에 돌아온 자신을 반기는 것은 겨우 몸을 누일 만한 작은 공간. 분명 열심히 사는데 자꾸 가난해지고 위축되고 초라해졌다.

우연히 놀러 온 부여에 정착하면서 삶이 달라졌다. 시골에선 리스크가 적어 무언갈 도전하기 쉽다. 청년들에게 열려있는 기회도 많다. 잠시 운영을 멈춘 레스토랑을 빌려 이전부터 꿈이었던 식당을 운영하고, 부여 시민들을 모아 취미로 하던 뮤지컬의 단장이 됐다. 시골에서는 새로운 일감이 주어지기도 하고 또 새로운 아이디어가 마구 떠올라 새로운 사업으로 연계되기도 한다.

그녀가 운영하는 제철 레스토랑에서 함께 점심을 먹으러 가는 길. 부여 청년이 운영한다는 대장간도 구경시켜주고 청년 창고도 보여준다. 작은 지역에서도 사부작사부작 청년들이 참 많이 모여서 무언갈 하는구나. 그녀는 서점을 좋아한다는 내게 혹시 동네 서점에 자리가 날 것 같은데 연락해도 되냐고 묻는다. 근 몇 년간은 지역으로 내려

가는 일이 어렵겠지만 너무 반가운 제안이라고 말한다. 그녀의 거침 없는 모습에 감동했다. 우리는 어제 처음 본 사이일 뿐인데.

서울로 올라가기 전 금동대향로를 보고 싶은데 시간이 빠듯하다. 그녀에게 국립부여박물관에 가서 금동대향로를 봐야 할까 고민된다고 했다. 그녀는 보는 데 시간이 얼마 안 걸릴 거라고 꼭 보고 가라며 박물관까지 데려다주었다. 그녀의 제철 레스토랑에서 받은 양송이 상자를 들고 박물관에 도착한다.

기대를 품고 들어선 국립부여박물관. 자리에 있어야 할 금동대향로가 사라졌다. 대백제전을 위한 특별전시를 위해 다른 곳에서 몸단장 중이란다. 당황스러웠지만 다음에 부여를 올 좋은 구실이 생겼다. 그나저나 다음에 부여를 오면 할 일이 많다. 백마강에서 물에서도 다니는 자동차, 수륙양용버스와 유람선도 타야하고, 어제 못 들어갔던 부소산성도 거닐어야 한다. 무엇보다 2인분 이상 주문이라 못 먹었던 연잎밥을 꼭 먹기로 계획을 세웠다.

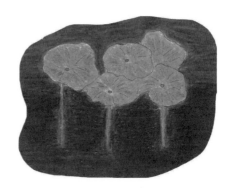

♥ 부여읍 명소 ♥

밤에만 문을 여는 책방. 달과 가까운 곳에 위치해 근월당이라는 이름을 지었다. 왕가위 감독에 대한 덕심이 드러나는 빨강과 초록의 인테리어가 돋보이는 반전의 내부를 구경해보시길.

근월당

미디어아트 전시 기간에 본 부소산성은 화려했지만, 아침에 부소산성을 거닐면 어느 곳보다 고즈넉함을 마음껏 누릴 수 있다고!

부소산성

Tips! 부여에는 문화재청 산하의 국립대학 한국전통문화 대학교가 있다. 부여 곳곳에서 전시나 공방 등 전통대 학 생들의 흔적을 엿보는 것도 쏠쏠한 재미 :)

우리나라 가장 오래된 인공 연못. 백제 무왕 시절 만들어진 것으로 알려져 있다. 생각보다 넓고 강아지를 끌고 산책 온 사람들도 많이 보였다. 군민들의 편안한 안식처!

궁남지

줄여서 국부박. 그 유명한 국보287호 백제금동대향로가 이곳에! 이외에도 어마어마한 대형 토기와 석조 불상 등 다양한 유물을 관람할 수 있다.

국립부여박물관

시월의 어느 날

경상남도 김해시

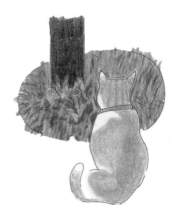

엄마와 함께

여행하기 좋은 10월이다. 부산 옆에 김해에 산다는 이를 만나고 오면 어떨까. 작년 둘레길 걷기 프로그램으로 만난 50대 친구였다. 그녀는 프로그램 참가자들 사이에서 산티아고 순례길을 3번이나 다녀온 인물로 유명했다. 인생에 한 번도 다녀오기 힘든 곳을 세 번이나 갔다니. 프로그램 마지막 날 그녀와 단둘이 이야기할 기회가 있었다. 그녀는 김해 자랑을 잔뜩 늘어놓으며 언제 한번 놀러 오라고 했다. 한 번도 궁금하지 않았던 김해가 궁금해졌다.

부산 여행 마치고 바로 김해로 간다. 김해와 부산은 정말 꼭 붙어있는지 '경전철'이라는 걸 타고 부산에서 김해로 넘어갈 수 있다. 보라색 라인의 경전철이 신기하기만 하다. 내가 부산에서 김해에 넘어가는 날 엄마는 서울에서 김해로 내려오기로 한다. 저번 부여 여행을 함께 못 갔던 게 내심 아쉬워 이번에는 꼭 같이 가야겠다는 마음을 먹었다.

엄마는 서울에서 아빠의 배웅을 받고 버스를 탔다고 전한다. 엄마가 나보다 먼저 김해에 도착해 내가 예약한 호텔까지 혼자 찾아가야 한다. 다행히 엄마가 호텔에 도착했다는 이야기를 듣고 안도의 한숨을 쉰다. 김해에 내리자 큰 도로와 높은 건물에서 뿜어져 나오는 번화한 불빛이 나를 반긴다. 김해는 시골이라기보다 인구 오십만이 넘는 도시다. 숙소로 가는 길, 저녁 식사로 엄마가 좋아하는 치킨을 포장한다. 김이 모락모락 나는 뜨끈한 치킨을 들고 숙소에 도착한다.

나보다 먼저 호텔에 도착해 쉬고 있는 엄마를 보니 안도의 미소가 지어진다. 배고픈 우리는 짧게 안부를 확인한 후 숙소에서 열심히 뼈를 발라 먹는다. 낯선 곳에서 도착하자마자 아무렇지 않게 뼈를 발라 내고 있는 우리가 웃기다. 집이 아닌 새하얗고 빳빳한 침대 시트와 커다란 욕조가 있는 화장실, 쾌적한 공간에 놓이니 긴 이동 시간에도 절로 피로가 가신다. 엄마도 오랜만에 낯선 공간에 머무르니 기분이 좋다고 한다.

오늘은 '김해 야간 문화재 기행'의 마지막 날이다. 김해의 친구가 오늘 김해에 몇 시에 도착하냐며, 축제 소식을 알려주었다. 가을에 접어들어 바깥바람이 다소 차가워 얇은 외투를 거친 뒤 밤마실을 나간다. 가는 길은 어둡고 인적이 드물었다. 경전철에서 내려서 왔을 땐 우리가 사는 도시랑 별반 다르지 않은 모습이라 생각했는데 주택 뒤편으로 오니 좀 후미진 골목에 뒤를 자꾸만 돌아본다.

별빛 문화재 기행은 기대보다 훨씬 멋있다. 색색의 불빛이 나무와 건물에 걸려 아름답게 자신을 뽐내고 있다. 수로왕릉 내부는 크고 안쪽까지 없다. 왕릉을 나와서는 담장을 따라선 네모난 초롱불과 프리마켓 행렬이 이어진다. 아기자기한 물건들을 구경하고 돌아오는 길에는 김해에서만 먹을 수 있다는 '뒷고기' 나초를 산다.

다음 날 오전, 김해 친구를 잠깐 만난다. 그녀는 동네 이웃과 함께 고분을 한 바퀴 돌며 오전 산책을 하고 있다. 강아지와 아이, 그리고 푸르른 언덕 같은 무덤까지 모든 게 완벽해 보인다. 그녀의 이야길 들으며 동네 한 바퀴를 둘러 본다. 산책길이 너무 매력적이어서 부산에서 김해로 귀촌했다는 그녀.

산책을 마치고 그녀의 작업실 마당에서 잠시 차를 마신다. 마당 테이블에는 그녀가 키우는 길냥이들이 거닌다. 평화로움이 감싸 안는다. 그녀와 짧은 대화를 마치고 엄마가 있는 숙소로 간다.

가을볕 아래 엄마와 나는 걷고, 먹고를 반복했다. 봉리단길을 구경하며 맛있는 음식을 먹고 봉황대 공원을 거닐며 따사로운 10월의 햇살과 바람을 온몸으로 누렸다. 배가 불러 더 이상 걸을 수 없을 때는 수로왕릉이 보이는 2층 카페에 엄마와 나란히 앉아 끊어질 듯 이어질 듯한 이야기를 나누었다.

엄마와의 첫 여행은 전주였다. 우산으로 가려도 자꾸만 눈이 몸과 우산 사이로 들어올 정도로 눈이 펑펑 쏟아진 날이었다. 함께 한복을 입고 사진을 찍었고 입김이 모락모락 나는 피순대와 콩나물국밥을 먹었다. 그 이후에도 몇 번 여행을 가긴 했지만 그게 우리의 가장 즐거운 기억이었다. 많이 걸었고 많이 눈을 맞았고 많이 먹어댔다.

김해의 엄마는 전주의 엄마와 달랐다. 엄마는 나이가 들어 많이 걷지 않아도 금방 힘들어했다. 가을 해가 따가워 땀이 흐르는데도 엄마는 딸이 신경 쓸까 봐 힘든 내색도 하지 않고 묵묵히 열심히 딸을 따라다녔다. 처음으로 차를 사야겠다는 생각이 든다. 이젠 걸어서가 아닌 차를 타고 다니며 편하게 이곳저곳 구경시켜드려야 하는구나. 안 그래도 몸이 약한 데 나이가 들어 더 쇠약해진 엄마를 보니 마음 한 구석이 찡하다.

김해에서 서울로 올라가야 하는데 엄마의 체력이 걱정됐다. 기차역도 없어서 버스 타고 가려면 족히 5시간은 걸렸다. 터미널에서 집까지 가면 1시간이 더 추가. 김해 친구에게 올라가는 교통편이 고민이라고 하자 비행편을 추천해주었다. 제주도 말고는 국내선을 타본 적이 없다. 고민 끝에 김해 공항에서 비행기를 타기로 한다.

오랜 기다림 끝에 김해 공항에서 이륙한 비행기는 김포 공항에 착륙한다. 우리는 각자의 집으로 가기 위해 공항에서 작별 인사를 한다. 엄마에게 내 일정에 따라 움직인다고, 좋은 것도 보지 못한 채 고생만 잔뜩 해서 미안하다고 말한다. 그런 내 말에 함께 여행 가서 너무 좋았다고, 고맙다고 말하는 엄마. 엄마에게 괜히 툴툴댔던 모습에 생각나 울컥한다. 다음에 꼭 더 좋은 여행 하자고 약속한 뒤 각자의 집으로 헤어진다.

♥ 김해 시내 가볼만한 곳 ♥

관람 및 숙박이 가능한 장소.
김해시에서 건립하고 문화재단
에서 관리 운영해 비교적 요금이
저렴하다.

한옥체험관

금관가야시대의 여러 무덤 유적.
유적 옆에는 대성동 고분 박물관이
함께 자리하고 있다. 시민들의 고
요한 산책로이기도.

대성동 고분군

Tips! 봉리단길에 여러 상점과 구경거리가
있지만 그중 가장 이색적인 건 총이 상점!

봉황동에 있는 유일한 독립서점.
동절기엔 온장서고로 바뀐다. 다
양한 독립출판물들을 구경하는
재미가 쏠쏠하다.

냉장서고

금관가야 시대의 생활상을 관찰할
수 있는 가옥과 넓은 잔디밭이 있
다. 시민들의 쉼터이자 김해 시외
버스터미널, 부산 김해 경전철과도
접근성이 좋다.

봉황대 공원

십일월의 어느 날

전라남도 구례군

자연의 품

자연으로 가는 길 구례. 전라남도 구례군의 캐치프레즈다.

구례에 도착하자마자 읍내에 있는 베이커리 가게로 향한다. 처음으로 스콘이 맛있다는 것을 알려준 이곳. 구례 친구에게 줄 빵을 산 뒤 부리나케 다시 버스터미널로 뛰어간다. 구례 친구가 사는 집에 가려면 버스를 타고 들어가야 한다. 분명 노선에 있는 버스를 탔는데 OO을 간다는 내게 기사님은 되려 나보고 '거기가 어디여?'라는 말을 건넨다. 결국 기사님은 다른 기사님에게 내가 가는 행선지를 물어보고 나서야 '아 거기~'하며 버스를 출발시킨다. 현지인들이 쓰는 동네 이름은 다른가보다.

귀촌 1번지라고도 불리는 남원 산내에서 온 구례 친구들은 시골집을 구해 옹기종기 모여 살고 있다. 그들에게 다시 도시로 돌아갈 거냐고 묻자, 몇몇은 다시는 그렇게 빡빡하게 살 자신이 없어서 못 돌아갈 것 같다고 이야기하고 몇몇은 돌아갈 수 있지만 각오가 필요하다고 말한다. 섬진강 근처에서 살았다던 한 친구는 아침에 일어나면 철새가 목욕하는 것을 본다고 했다. 그런 풍경을 일상에서 맞이하는 일 자체가 기이하고 신비스럽다. 그 광경을 보는 것 자체만으로 나 자신도 함께 씻겨져 내리는 기분이 아닐까. 내 일상에서도 언젠가 그런 순간을 맞이하게 될까 상상하니 온몸에 전율이 스쳐 간다.

다음날 오전, 숙소에서 느즈막히 일어나 밖으로 나선다. 구례 여행은 많이 했지만 읍내 구경은 거의 처음이다. 집에 갈 때나 터미널 근처를 잠깐 둘러본 게 전부다. 식사를 하러 나왔지만 장날 다음날이라 문이 열려있는 곳이 거의 없다. 게다가 열려있는 곳 중 내가 먹고 싶은 요리는 2인 이상 주문이다. 시골은 이게 서럽다. 혼자 오면 맛있는 걸 먹을 수 없다.

몇 차례의 시도 끝에 겨우 식사에 성공하고 자전거를 빌리기 위해 공용 터미널로 간다. 몇 년 전만 해도 구경하지 못했던 건데 이젠 구례에도 공유 자전거가 생겼다. 뚜벅이 여행자들에겐 너무 좋은 서비스. 자전거를 빌려 예전부터 가고 싶었던 '섬진강 대나무숲'을 방문할 예정이다. 터미널에는 샛노란 카카오 공유 자전거가 주차돼있다. 자전거가 잘 나가지 않는다는 후기를 봤는데 정말이지 걷는 것만큼이나 느려서 힘을 가득 줘야 한다. 섬진강 대나무숲까지는 자전거로 20분밖에 안 걸렸는데, '과연 갈수 있을까?'라는 생각이 든다.

역시 자전거를 타고 맞는 바람은 다르다. 비록 다리에는 엄청난 힘이 들어 갔지만 기분만은 상쾌하다. 열심히 페달을 밟은 끝에 섬진강 길에 다다랐다. 페달을 돌린 보람이 있다. 섬진강은 여전히 그 자리에서 아름답게 자신의 물살을 빚내고 있다. 감탄의 탄식을 내뱉는다. 혼자 보긴 아까웠지만 나라도 봐서 다행이다. 길을 따라 자전거를 탔다 다시 내려 자전거를 끌며 걷다가를 반복한다. 자전거가 오히려 짐이 되긴 했지만 자전거가 아니었으면 여기까지 올 생각 못 했을 거다.

일찍 숙소로 돌아가 낮잠을 자기로 한다. 잠시의 외출에 노곤하다. 숙소에서 밍기적거리고 있는데 누군가 말을 건다. 혼자 온 손님이다. 평일 비수기라 아무도 없을 줄 알았는데 뜻밖의 말동무가 생겨 반갑다. 그녀는 양이 많다며 같이 먹지 않겠냐고 옛날 통닭 한 마리를 내민다. 도시에서 구례까지 오게 된 이야기를 서로 나누며 냠냠 쩝쩝 살을 발라 먹는다.

구례를 처음 방문한 건 대학교 답사에서였다. 그다음은 직장동료와 즉흥적으로 내려가 섬진강을 따라 드라이브를, 그이후엔 친구와 2박 3일 동안 지리산 둘레길을 걸었다. 지리산 설경과 새해 일출을 보겠다고 지리산 아래 게스트하우스로 혼자 찾아갔다. 구례는 일 년에 한 번씩 해마다 찾고 싶은 곳이라는 생각이 들만큼 좋았다. 그건 자연 때문이었다. 은은하게 빛나는 섬진강의 물줄기, 해가 질 때쯤 황금빛 햇살이 반사된 풍경에 올 때마다 마음이 살랑거려 어찌할 줄을 몰랐다. 이전의 구례 여행보다는 삼삼한 여행이었지만 그 나름의 평온을 얻고 간다.

♥ 구례읍 명소 ♥

읍내 끝자락에 있어 가는 동안 시골길의 한적함을 여실히 느낄 수 있다. 길냥이들을 챙겨주는 친절한 사장님의 순도 200퍼센트 큐레이션이 담긴 책들이 있다.

봉서리책방

구례 인기 빵집. 구례에서 나는 우리밀로 만든 100퍼센트 호밀빵을 판매한다. 좋아하는 시인의 이름을 따서 가게 이름을 지었다. 가게는 손님들로 문전성시.

목월빵집

Tips! 구례 여행을 간다면 지리산 등반 혹은 지리산 둘레길을 강력 추천 추천!! 개인적으론 둘레길이 정말 최고...!

구례에 왔는데 다른 곳을 갈 시간이 없다면 이곳을 꼭 방문하기! 읍내에서 걸어가긴 조금 멀지만 자전거로는 금방이다. 대나무숲 사이로 빛나는 햇살과 섬진강의 아름다운 물살에 그만 넋을 잃고 말 것.

섬진강 대나무숲길

깔끔하고 정겨운 시골집으로 여성 여행자들에게 인기 있는 읍내에 있는 숙소. 도미토리가 있어서 1인 여행객들에게도 추천하는 숙소였지만 현재는 1인실과 2인실만 운영 중이다.

구례옥잠

십이월의 어느 날

경상남도 함양군

꿈과 청춘

이제는 제2의 고향이라고 생각될 정도로 함양에서는 많은 사람과 연결되며 지낸다. 독립출판으로 낸 첫 책 〈개똥 소똥 나마스떼〉의 북토크를 해달라는 함양 청년 모임의 초대를 받아 함양을 다시 찾았다. 많은 사람이 오는 건 아니었지만 작가로서 고대한 북토크라니. 게다가 너무 좋아하는 함양의 독립서점 오후공책에서!

시골 읍내를 여러 군데 가보면 비슷비슷하기도 하고 좀 다른 것 같은 기분도 든다. 경상남도 함양군의 함양읍은 그리 크지도 작지도 않아 적당해서 편안한 느낌이 있다. 8개월 만에 다시 찾은 함양은 여전히 아늑하다. 한 달 동안 읍내를 왔다갔다하며 익숙해진 간판과 거리들이 눈에 보인다.

함양에 도착한 날 '토종 씨앗 모임'에서 동지 팥죽을 먹는 고고장이 열린다는 소식을 접해 함양의 지인과 함께 갔다. 모임 장소에 도착하니 남원에서 만난 춤추고 노래하는 부부님들이 계신다. 하룻밤 같이 지낸 사이라고 반갑고 애틋하다. 알고 보니 부부님들도 함양 토종 씨앗 모임의 일원이자, 팥죽 먹기 전 몸풀기 행사를 맡으신 것.

좋은 삶은
씨앗에서
시작됩니다

시간이 되자 열다섯 명 남짓 되는 사람들은 다 같이 일어나 부부님들의 구령에 따라 배경음악에 맞춰 몸을 움직인다. 흐느적흐느적 팔을 움직이기도 하고 동그란 대형 사이를 왔다 갔다 가로지르며 날아다닌다. 팥죽이나 얻어먹을 요량으로 온 건데 오자마자 이런 우스꽝스러운 춤이나 추고 있을 줄이야.

당황스러웠지만 '에라 모르겠다' 리듬에 몸을 맡긴다. 다른 사람들도 비슷한 듯한지 처음에는 쭈뼛거리다가 다 같이 최면에라도 걸린 듯 어색함과 자연스러움 사이에 몸을 가눈다. 다 큰 성인들이 오전부터 다같이 묘상하게 움직이는 모습에 웃음이 새어 나온다.

함양에 처음 와서 부부님들 프로그램을 참여했을 때만 해도 몸이 굳어서 움직일 수 없었다. 다른 친구들은 즐겁게 춤을 추는데 나만 눈치 보며 몸을 둘 곳이 없어 어쩔 줄 몰랐다. 지금도 아무도 신경 쓰지 않기란 어려웠지만 마음먹은 만큼은 자연스럽게 춤을 춘다. 그건 아마도 내 몸과 마음이 이전보다 평안해졌기도 하고, 또 이곳과 이곳 사람들이 그만큼 안전하다고 느끼는 덕이지 않을까.

몸풀기 행사가 마무리되고 드디어 팥죽 먹는 시간이 왔다. 모임 장소에는 팥죽 외에도 구억 배추로 담근 김치와 동치미, 우보 농장에서 온 쌀로 지은 밥 등 모두 토종 쌀과 토종 씨앗으로 싹 틔운 귀한 재료들로 만든 음식이 준비된다. 도시에서 살 때는 식재료를 살필 일은 고사하고 바쁜 업무와 관계 속에서 끼니는 챙기는 일이 아니라 때우는 일이 되어버렸다. 밥 하나를 짓는데도 얼마나 맛있고 건강한 쌀로 지었는지 눈을 빛내며 설명하는 사람들을 보고 이곳이 내가 살던 세상과는 다른 세상이라는 사실이 느껴진다. 분명 아까 함께 춤출 때는 나랑 같은 사람들이었는데.

밥과 김치만 먹어도 건강하고 맛있을 정도로 본연의 재료가 영양분이 풍성하고 단맛이 난다. 어떻게 재배하고 기르는지, 어떤 과정과 시간으로 이 음식들을 만들었는 이야길 들었다. 요리하는 시간 뿐 아니라 작물을 기르는데도, 작물의 뿌리인 씨앗까지도 세심히 살피는 이토록 정성과 마음이 담긴 음식을 먹어본 적이 있을까. 밥상의 기본이라 크게 신경 쓰지 않는 밥과 김치, 팥죽을 떠먹으며 이렇게 귀한 음식을 그저 외부인인 내가 먹어도 되는지 감격스럽다.

이들을 보며 어쩌면 시골에 사는 건, 바다 깊은 곳에 묻힌 조개 속 진주를 찾는 것처럼 거친 시골의 흙바닥에서 작지만 소중한 가치들을 캐내는 것 아닐까, 라는 생각이 스쳐 지나간다.

식사하면서는 춤을 추며 힐끔힐끔 훔쳐보기만 한 처음 본 친구들도 사귀었다. 서울에서 건축일을 하다 버려지는 건축 자재들에 충격을 받아 생태 건축을 배우러 함양에 온 이, 할머니 댁에 잠시 머물다 지금의 남편을 만나 난데없는 시골살이를 시작하게 된 이도 있었다. 그들은 외지인인 나에게 부대낌 없이 자신들의 이야기를 들려준다.

함양 토종 씨앗의 1년 활동을 듣다 북토크 시간이 다가와 오후 공책으로 이동했다. 얼굴도 모르는 낯선 사람들 앞에서 내 이야기를 한다니 떨린다. 재미없어서 시간 낭비는 되지 않을까, 나보다 경험이 많은 사람들 앞에서 주름잡는 꼴이 되지 않을까, 혹여나 경험 자랑이 되지 않을까. 오후 공책에 도착하니 여섯 명의 사람들이 앉아 있다. 준비해온 피피티를 보고 떨리는 나머지 속사포로 이야기를 나눈다. 긴장돼 다소 말이 꼬이고 순서가 오락가락한다. 이런 나를 보고 뭐라고 생각할까, 아니야 의연하게 하던 거 계속하자.

이야기하는 동안 사람들은 오로지 호기심 가득한 빛나는 눈으로 나를 바라본다. 누군가에게 글 아닌 말로 내 이야기를 전달한 적이 없다. 다소 가볍고 즉각적으로 반응해야 하는 말이 두렵고 어려워, 생각을 꽉꽉 담아낸 정제된 글을 좋아하는 나였다. 호기심으로 빛나는 눈, 애정 어린 몸짓, 따뜻한 말의 온도. '내 이야기를 말로 전한다는 건 이런 기분이구나.'

준비한 이야기가 끝난 뒤 우리는 서로 궁금한 점, 새롭게 느끼고 알 았던 것, 잊었던 과거의 추억까지 모두 이야길 나눈다. 물이 솟아나 는 샘처럼 나의 이야기가 그들에게서 무언가 계속 솟아오르게 만드 는 게 기쁘다. 나의 경험, 살아온 이야기, 가치와 철학, 메시지를 앞으로 잘 가다듬어 사람들에게 계속 전달하고 싶어진다. 북토크가 끝난 뒤 참석한 몇 이들과 저녁 식사 자리를 가졌다. 토종씨앗모임 에 참석한 이도 있다. 내 이야기를 전달하러 간 거지만 새로운 사 람을 얻고 오는 기분이 좋다. 배도 마음도 든든하다.

다음날, 서울로 올라가기 전 함양의 지인과 함께 다시 오후 공책을 찾았다. 책도 사고 수다를 떨 겸에서였다. 지인과 이야기를 나누는 데 책방 앞에 자동차 한 대가 멈춰선다. 일행 셋이 요란한 움직임 으로 들어왔다. 그들은 큰 상자를 들고 오더니 가래떡이라며 음료를 마 시고 있는 우리에게도 나눠준다. 알고 보니 함양에서 한 달 살이 할 때 수업을 들었던 요가 선생님과 그녀의 남편이었다. 책방 사장님 이 마시멜로처럼 잘라준 가래떡을 꿀에 찍어 꿀떡꿀떡 삼키는데 속으로 웃음이 난다. 도저히 이곳이 아니면 경험할 수 없는 일인 것 같 아서. 이웃의 정도, 소박한 동네 사랑방을 느끼는 일도.

요가 선생님 남편분은 내 책이 책방에 있는 걸 아시고 한 권을 사셔 책에 싸인을 받아간다. 국어 선생님을 정년 퇴직하셔서 나이도 지긋하고 책도 많이 읽으시는 분이라 다소 민망하다. 젊은 청년을 응원하는 마음으로 사주신 것을 알기에 괜히 더 부끄럽다.

서울로 올라가는 길 가슴이 꽉 찬다. 지역에 와서 함께 밥과 차를 마실 수 있는 사람들이 있다는 사실만으로도 행복했는데, 낯선 타지인을 환대해주는 마음까지 겹쳐 더 풍성해진다. 어쩌면 이들도 각기 다른 곳에서 와서 이곳에 정착한 이들이기 때문에 가능한 일일지도 모른다. 언제든 자신들의 일원이 될 수 있고, 또 그러지 않고 잠시 왔다가도 충분히 반가운 존재로 봐주는 사람들.

눈과 가슴이 열려있는 사람들 속에 잠시 머물다 간다.

♥ 함양읍 명소 ♥

한 끼에 4천 원, 시간을 거스르는 미친 가성비 식당. 계좌 이체나 현금만 가능하고, 혼자일 경우 점심 피크 타임을 피해 식사가 가능하다.

옛날보리밥

천연기념물 154호. '천년의숲'이라는 별칭이 있을 정도로 우리나라에서 가장 오래된 숲. 신라 시대 최치원이 조성한 것으로 상림은 누가 뭐래도 함양의 대내외 자랑거리!

상림공원

Tips! 전라도와 가까운 함양은 대체로 음식이 맛있고 관광객이 많지 않아 조용하고 아늑해서 좋다. 읍내 외에도 맛집과 아름다운 곳이 많으니 꼭 찾아 가보자! :)

'강처럼 흐르는 요가, 강으로 만나는 요가'라는 뜻의 요가원. 그리고 쉼과 숨을 풀어 쓴 치유공간 쉬미수미. 귀촌한 부부가 각자 운영 중이다.

강가요가 & 쉬미수미

함양 읍내 유일의 독립 책방. 음료를 같이 판매해 가볍게 수다도 떨 수 있다. 생강라떼와 생딸기라떼 추천 추천! 터미널에서도 가까우니 버스 타기 전에 들려 보시길!

오후공책

에필로그

퇴사 후, 시골에서 한 달을 사는 동안 귀촌한 사람들을 만나고 지역에 정착한 이야기를 듣고 그들의 삶을 어깨너머로 동경했다. 잘 알지도 못하면서, 그래서 더 매력적으로 보였던 시골의 매력에 빠져들었다. 마음 한편에 시골살이에 대한 꿈이 생긴 나는 서울로 돌아와 '귀촌하는 법' '월든' '삶의 터전으로 지리산을 택한 이들' 과 같은 책을 찾아 읽었다.

처음에는 시골이 유토피아 같았다. 우리나라에도 이상적인 삶을 실천하고 실현하는 공간과 이들이 있다니. 특히 귀촌인들이 모여 있는 지역엔 그 어느 곳보다 진보적이고 인권, 동물권, 자연 보호에 적극적인 사람들이 많았다. 자신의 가치와 이념을 실현하고 실천하며 사는 이들을 보며 언젠가 올지 모를 내 미래를 상상해보았다.

무엇보다 속도는 느리지만 하나하나 정성스러운 시골 생활에 마음이 향했다. 요리가 번거로운 일이 되어버린 세상 속에, 식탁에 올릴 재료를 위해 굳이 텃밭에 작물을 심고 물을 주고 잡초를 뽑는 더 수고로움을 감수한다. 심지어 그 재료의 씨앗까지 살핀다.

시골에 사는 친구 중 한 명에게 귀촌의 장점을 물으니 선택지가 줄어들었다는 점을 꼽았다. 얼핏 들으면 이상하다. 선택지가 많은 게 좋은 게 아닌가? 하지만 난 그 말에 무릎을 쳤다. 세상 모든 것에는 너무 다양한 기능과 성능, 디자인 등 여러 종류의 것이 넘쳐났다. 어떤 것이 더 좋을까 고민하며 하나하나 따지는데 쓰는 시간과 에너지가 너무 크다. 그 때문에 애초에 사는 일을 포기한 적도 있다. 세상은 너무 빨랐고 도시는 그 중심에 있었다.

시골에 가면 비록 다양한 식당, 다양한 취미 생활, 다양한 사람들에 대한 폭은 줄어들지만 한정된 자원 안에서 내가 가진 자원을 최대로 활용한다. 사 먹기보다 내가 직접 요리를 해먹고, 무언가 배우는 데 돈을 쓰기 것보다 직접 연구하고 개발하여 취미를 키우고, 자연 속에서 가족이나 우리자만의 시간을 더 누린다. 결핍 속에서 지금 내 눈앞에 있는 것들에 더 감사하고 귀히 여길 수 있었다.

어쩌면 시골은 번거로움을 자처하는 이들이 모인 곳이다. 세상은 산업화 시대 이후 분업화가 되었다. 우리는 우리가 하는 일 외에는 다른 것은 알지 못하는 무지가 발생한다. 모두 남이 대신 해주고 있기 때문이다. 시골에 가고 싶은 이유에는 자연을 벗 삼아 한적한 곳에서 고독을 즐기고 싶은 마음도 있지만, 자급자족하며 살아가고 싶은 것도 큰 이유다.

내 손으로 직접 집을 짓고 고치며, 내 손으로 직접 가구를 짜고 장을 담근다. 내 입에 들어갈 채소를 직접 기르고, 사랑하는 사람에게 선물할 모자와 스웨터를 직접 뜨고 가방과 파우치를 직접 재단하고 박음질해 만들고 싶다. 물건과 음식, 내가 사는 집을 비롯한 나를 구성하고 나를 둘러싼 모든 것에 하나하나 정성과 애정을 꾹꾹 눌러 담는다. 그럴 때 나의 삶이 밀도 있는 꽉 찬, 다른 말로 충만한 삶이 되리라 생각한다.

또한 모든 생산의 과정을 모두 몸소 겪고 눈에 담기에 어느 곳에서도 소외가 발생하지 않는다. 과정을 모두 겪어 봤으니 다른 이의 생산도 이해할 수 있다. 그러면서 인권, 동물권, 자연권론자가 되는 게 아닐까.

서울 한복판에서 태어나고 자란 나는 도시 문명의 영향을 뼛속 깊이 받고 산다. 이곳이 나에겐 그냥 디폴트 값이라서 사실 좋고 싫음의 호불호나 가치판단 자체가 없었다. 시골이라는 개념이 내 삶에 들어오면서부터 흑백 논리처럼 어쩌면 안타깝게도(?) 시골과 도시를 자주 놓고 비교하게 됐다. 하지만 나는 자연 예찬만큼이나 도시 예찬도 한다. 도시 속 활기 가득한 거리를 한적한 자연만큼이나 사랑한다. 사람 없는 곳만큼 사람이 모이는 곳을 좋아한다. 이런 모순 속에서 난 여전히 도시 생활을 즐긴다.

나에게 그래서 언제 시골에 내려갈 거라고 묻는다면 답은 모르겠다. 자연주의를 담은 고전 <월든>을 쓴 '헨리 데이비드 소로'는 2년간 미국의 시골에서 오두막을 짓고 생활했다. 평생은 아니더라도 나 또한 언젠가 잠시 시골에서 살지도 모를 일이다. 도시에 대한 미련이 점점 줄어드는 날엔 시골로 평생 이주할까? 아니면 갑자기 무언가 결심하듯 짐을 싸서 어느 한적한 곳에 정착할까. 아직은 아무것도 알 수 없는 일이다.

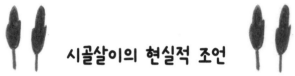

시골살이의 현실적 조언

I. 시골이나 도시나 적응하면 사는 건 다 비슷하다

시골에 어떤 로망 내지 낭만을 품고 내려온다. 그건 얼마 가지 않는다. 시골 생활도 현실이기 때문이다. 이 안에서도 똑같이 일을 하고 밥 지어 먹고 돈 벌며 살아야 한다. 그렇기에 시골 생활이 더 편하고 여유롭다는 생각(물론 궁극적으로 이를 위해 오는 게 맞긴 하지만)은 크게 갖지 않는 게 좋다. 그러니까 너무 큰 환상을 가지고 오면 실망하거나 적응하기 어려울 수 있다.

2. 귀촌하면 시간과 돈이 절약된다

귀촌하면 일단 사람들과의 약속이 대폭 줄어든다. 만날 사람이 한정돼있고 그렇다보니 나에게 집중하는 혼자만의 시간 혹은 가족과의 시간이 늘어난다. 또 시골은 주변에 농사 짓는 사람이 많아 먹거리가 풍부하다. '시골에 살면 적어도 굶어죽지는 않겠구나'라는 싶은 이들이 많았다. 도시에서 사는 생활비보다 적게 살아갈 수 있다는 이야기도 몇몇 이들에게서 들었다. (하지만 오히려 도시에서보다 더 바쁠 수 있다는 건 안 비밀...)

3. 시골에도 다양한 N잡이 있다

보통 시골을 생각하면 농사밖에 떠오르지 않는다. 하지만 사실 시골에는 꽤나 다양한 일자리가 있어 N잡러로 일하는 분들이 많다! 특히 사람이 적은 시골에서는 청년들이 아주 인기다. 어떤 한 분야에 특별한 전문성이 없어도 의지만 있다면 비교적 쉽게 시작하고 도전할 수 있다. 창업의 경우 도시보다 리스크가 적기에 메리트가 있고, 방과 후 교사 같은 아이들을 가르치는 일을 할 수도 있다. 생태텃밭이나 예체능 강사, 제철에 따라 일손이 부족한 농장에서 일하기도 하고 생각지못한 다양한 일자리가 있다.

4. 주체성을 경험하기엔 시골이 괜찮은 선택지다

내가 만난 시골에서의 삶을 선택한 이들은 대부분 '주체성'을 찾아 내려온 이들이었다. 산업화로 인해 도시는 굉장한 분업화됐다. 산업화는 편리성을 안겨주었지만 우리는 기계처럼 혹은 기계의 한 부품처럼 일하게 되었고, 또 우리가 먹고 마시는 것 누리고 이용하는 것들이 어떠한 경로에서 어떻게 만들어지는지 알지 못하게 되었다. 그렇기에 우리가 하는 일 외에는 무지가 발생하며(반대로 소 도축과정을 안 사람들이 채식을 시작하듯이) 또 반복적이고 기계적인 일에 염증과 피로를 느낀다. 내 밥을 내가 손수 지어먹고, 더 나아가 땅으로부터 식탁에 올려지기까지의 과정을 경험하며, 직접 집을 고치고 수리하는 등 삶의 과정을 생략하지 않고 전부 몸소 이행한다. 뿌듯함, 자기 만족감, 자기 효능감 등 도시에서 살 때와는 전혀 다른 감각과 행복이 있다. 이것은 모두 주체성에서 발생하는 일이다. 삶을 더 진하게 느끼고 싶은 이들이 자연스레 시골을 찾는 이유다.

5. 결국 가장 중요한 건 사람이다.

앞서 시골이나 도시나 적응하면 다 비슷하다는 말을 했다. 여러 지역을 돌아다녀보니 각 지역마다의 매력도 눈에 들어왔으나 이제는 또 더 많은 지역을 가다보니 거기가 거기인 듯한 느낌도 받았다. 특출나거나 어떤 특별한 사연이 있지 않는 이상, 자연이나 시골 풍경도 비슷비슷하기 마련. 그럴 때 우리에게 변수는 역시나 '인간'이다. 내가 관계 맺고 있는 공동체와 인간에 따라 내 지역의 삶의 질이 결정되는 것이다.

사실 '시골 = 공동체' 이기도 하다. 도시에서는 옆집에 누가 사는 지도 모른 채로 생활한다. 시골에서는 좋든 나쁘든 이웃을 알 수밖에 없다. 이웃에게 채소도 받고 신세도 지며 간섭도 받으며 살아간다. 인터뷰이들은 시골에서 인간에 대한 정을 느꼈다.

사실 우리는 모두 외로운 존재이다. 외로워서 책을 읽고, 모임을 나가고, 이런저런 커뮤니티를 기웃거린다. 도시에서 느끼는 뼛속 깊은 외로움의 치유제가 한편으로 시골에 있다는 생각이 들었다. 시골은 사람들이 모일 수 밖에 없는 환경이고 이것이 외로운 도시 청년을 위로해주고 마음 속 공허감을 채워주었다. 도시가 인구밀도는 더 높지만 혼잡함만 야기할 뿐 사람 간의 온기는 느끼기 어렵다. 어쩌면 시골은 외로워서 자꾸 연결되고자 하는 인간들의 대안 공간일지도 모른다.

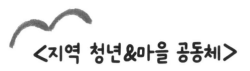

<지역 청년&마을 공동체>

함양 이소
@eso_hamyang

금산 들락날락 협동조합
@drnr2015

덕산청년마을
@ds_youth_maeul

부여 안다
@buyeo_anda

지리산방랑단
@jirisan_nomad

함양 서하다움
@seohadaum

<대표적 농촌 체험 프로그램>

전국 청년마을
@localbegins

목포 괜찮아마을을 시작으로 행정안전부 주관 전국에 청년마을이 생겼다. 지역에서 새로운 기회를 찾는 청년들에게 활동공간과 주거기반을 마련하고 지역살이 체험과 청년창업 등을 지원한다. 단기와 장기 다양한 프로그램이 있다.

농촌에서 살아보기
(귀농귀촌종합센터-그린대로)

농촌에서 살아보기는 중장기 프로그램으로 3개월에서 길면 1년까지, 주거와 약간의 생활비를 받으며 농촌을 경험하고 적응하도록 돕는 농림축산식품부의 프로그램이다. 농촌으로 이주하기 전 미리 살아볼 수 있어 많은 도움이 된다.

시골언니프로젝트
@sigol_unni

농사펀드에서 운영하고 농림축산식품부에서 주관하는 청년 농업농촌 탐색교육. 청년 여성들이 농업농촌에서의 삶을 구체적으로 탐색할 수 있도록 도와주는 프로젝트다. 단기적으로 조금 더 안전하고 편안한 공동체를 경험하고 싶은 이들에게 추천한다.

<그 외 로컬 플랫폼>

안녕시골
@hellosigol

로컬 관련 이벤트, 행사 소식이 올라온다. 무엇보다 시골 친구와 연계해 함께 활동할 수 있음. 주 1회 뉴스레터를 발행한다.

탐방
@tambang.kr

로컬 라이프스타일 미디어& 커뮤니티. 로컬에디터 양성, 뉴스레터 등 다양한 로컬 커뮤니티와 콘텐츠를 제공한다.

퍼낸 곳 : 자기앞의생
지은이 : 무해
1판 1쇄 : 2024년 4월 5일
인스타그램 : @muhae_forest_
이메일 : heavenly_mandarin@naver.com